조경진 시인·수필가

- 경기도 연천에서 출생, 충북 청주에서 성장
- 2006년 〈대한문학〉으로 수필 등단
  2006년 〈한국문인〉으로 시 등단

- 저서
  수필집 《하늘바라기 풀꽃의 노래》
  시 집 《그리움, 그 긴 아픔의 향기》
  《하얀 독백》
  《시로 읽는 청주의 문화유산》
  《척하다가》
  《내 그늘의 넓이》
  산문집 《민들레 꽃씨 여행》

- 수상 - 청주시문학상

- E-mail. jojin533@naver.com

내 그늘의 넓이

내 그늘의 넓이

조경진 시집

| 들어가는 말 |

시는 나의 가장 가까운 벗이다.

시는 나를 위무하고 삶의 의미를 누리게 한다.

시는 내 삶의 원동력이다.

내 주변에 사소한 일이나 소소한 것들과 신비로 빛나는

자연현상은 시를 쓰고 싶게 하는 원동력이 된다.

그리고 내 안에 감춰진 나를 찾아내고 들여다보며

처진 나를 일으켜 세우는 힘이 된다.

나의 시 쓰기는 깊은 고독과 무한 상상의 자유,

굳이 남에게 보이지 않아도 되고 평가받지 않아도 되는 방임,

멋대로 틈나는 대로 한 느낌에 의미를 부여할 수 있는

자유로움에서 시작된다.

지나가는 바람과 한 줌의 햇살,

보드블럭 사이에 핀 씀바귀 꽃 한 송이,

비 그친 뒤 인도로 기어 나와 마지막 가는 길을 묻고 있는

지렁이에서 생의 의미와 경건함을 들여다본다.

자연의 섭리에 따르는 존재의 의미에 천착하며

지는 꽃의 숭고함을 내 작은 마음의 그릇에 담는다.

2021년 한여름에

조경진

| 차례 |

제2부

제3부

제4부

제1부

죽어서 더 아름다운 나무의 속살로

세속의 허물 다 벗어버리고

심지만으로도 고결한 형해形骸

죽음보다 아름다운 꽃에 경배한다

지나고 보면

보릿고개도 넘고 보면
추억으로 피어 향기가 나고
이별의 아픔도 세월이 가면
그리움으로 가슴을 채우고
죽을 것만 같던 절망도
극복하고 나면
삶을 굳건히 세운 주춧돌임을 알게 된다
맨몸으로 부딪힌 세상살이
여기저기 멍들고 상처 있어도
그것은 모두 나를 단단하게 만드는
무쇠를 강철로 만드는 담금질이었음을

무거운 세상 짐 지고 한 걸음 한 걸음 딛고 보면
삶의 마디마디 옹이로 단단해져
태풍에도 꺾이지 않는 나무가 된다
밤은 어두울수록 별은 더욱 빛나느니
생의 굽이굽이 지나고 보면
고난이 삶의 초석礎石이 되었음을 알게 된다

꽃살문

무량사에 가면
나무의 속살에서 꽃이 피어난다

무량사를 다녀온 날
늦은 잠을 청하는데
아른아른 꽃살문 꽃이 초롱하다

꽃이 자꾸 죽음의 허물에서 피어난다

한 생을 다한 나무가
이켠 세상으로 다시 와서
고개를 내밀어 꽃을 피운

죽어서 더 아름다운 나무의 속살로
세속의 허물 다 벗어버리고
심지만으로도 고결한 형해形骸
죽음보다 아름다운 꽃에 경배한다

천년을 하루같이 피어있는
꽃살문 꽃에는 세월도 비켜가고
무지개 뜬 허공에 풍경風磬이 독경을 한다

아름다운 수형

나는 아무것도 모른 채
이 세상에 오자마자
죄목도 모르고 법정에 섰다
선고 된 형량은 무기징역
그 날부터 숙명의 굴레가 씌워졌다
나를 가둔 이곳은
수평선으로 담을 쌓고
하늘이 지붕이 된 이승이란 감옥
나의 삶은 내 것이 아니고
모두를 빌려 쓰다 돌려주는 곳이다
바람과 햇빛과 구름의 자유에서 위안 받고
꿈꾸는 시간만 나의 것이다
형기가 언제 끝날지 모르지만
유폐된 현재가 아름답다고 생각되니
못난 엄살일까?
나의 지순한 생의 조각이
구름으로 떠서 사랑이라 착각하고
희로애락을 무애無涯로 삭이다가

또 아무것도 모른 채
이 감옥을 벗어나는 날
어느 세상으로 가는지
그 때는 까닭모를 수형의 탈을 벗을까?
그래도 형기가 남아있는 지금의 삶이
뜬 구름에 마음을 띄워 노래하고
작은 꽃 한 송이 피울 수 있어 아름답다

강물에 잠기는 노을을 바라보며

평생 강과 물고기만을 사랑했다
강마을 어부의 아들로 태어나
아침부터 저녁까지 눈과 귀를 여는 것은
펄떡이며 숨을 몰아쉬는 물고기들과 유유한 강물과
허공을 헤엄쳐 오는 기약 없는 생의 몸부림 뿐
강물은 살갑게 품다가도 화를 내고
물고기들은 그러한 세상에 생을 맡기고 있다

삶은 메말랐으나 마음은 강물로 풍성했다
하늘만큼 강물이 소중했기에
그물에 걸린 고기 몇 마리에 하루가 불만 없고
강물의 깊은 마음을 알지 못해도
자신의 삶을 그곳에 맡겼다
다만 세상이 얕보는 아이들이 코고는 저녁이면
납덩이같은 마음의 무거움은 어쩔 수 없었다

강물이 반사되어 오는 눈부신 노을빛에 마음이 아려
우두커니 강둑에 서서 하루를 일으켜보는 시간

짙어지는 어둠속에 은빛 날개로 튀어 오르는
물고기들의 저녁놀이가
생의 엄숙함을 희화하는 듯
삶의 참뜻을 어렴풋이 이해할 것만 같아

강물에 떨어진 노을을 안고 귀 기울여보니
흘러흘러 피안으로 가는 강물소리에 아버지의 목소리
저승이 이승에 얼비치며 들리는 소리
'감사하고 겸손하라' 늘 하시던 말씀
강물에 잠기는 노을 속으로 꿈결처럼 흘러가는 소리
언제나 내 안에 계신 아버지

곁방살이

베란다에 정좌한
군자란이 제 이름값의 관을 쓰고
내 마음을 유혹하고 있는데
언제 이사를 왔는지
그 곁에 쪼그린 괭이밥이
곁방살이 한 살림 차렸다
때 이른 계절에
샛노란 미소가 빠끔히 고개를 들고 있다

눈부신 하늘은 너무 멀어
군자란 잎에 꺾인 햇살 한 가닥 거머 쥔
싱그러운 자태가 시고 맵다
작지만 그 크기에 주눅 들지 않고
한 때를 영원인 양 시간을 메고 가는 의지

맨몸으로 아무 곳이나
던져진 자리가 내 터라며
햇빛 지나가는 길 좇아

곁방살이로도 당당한 그 모습
소풍하던 마음 다잡고 그 곁에 앉아
세상 크기를 가늠해 본다

돌아보면 우리 모두는 곁방살이 삶
내 소유인 것은 하나도 없고
모두 빌려 쓰다 돌려주고 가는 것을
삶도 인연도 하늘의 뜻이라고
군자란이 괭이밥을 꼭 끌어안는다

키 크는 집

거북이처럼 납작 엎드린 집들
주변의 나무들은 해마다 나이테를 두르고
하늘을 향해 자라고 있는데
낯섦이 두려운 사람들은 토벽에 초가지붕
검정 끄름을 연륜으로 도배하고 세월을 묶은 지 오래였다
오랜 동안 사람들은 허기지고 고단했다

사람들은 집 주변을 떠날 줄 몰랐고
콩 심은데 콩 나는 세상이 전부인줄 알았다
앞선 사람들의 지혜의 씨가 싹을 트고 자라기 시작했다
나무가 자라듯이 집들도 키가 크고 도시로 자랐다
집들이 무섭게 크기 시작했다
쑥쑥 크는 집들, 회색 도시였다

회색 집들은 배부른 욕망의 산물이었다
사랑과 상생의 정은 다 병들고
이기와 상쟁, 불안과 고독을 몰아왔다
꽃은 때 없이 피고지고, 열매는 철없이 매달렸다

치솟는 집 높이에 눌려
점점 작아지는 사람들의 위상
납작한 집에 허리 굽히고 살던 겸손을 잃고
위만 보는 고개 든 오만이 거리를 활보했다

집은 크는데 사람다운 사람은 점점 작아졌다
정을 나누던 이웃사촌들은 다 어디로 갔는지
벽 하나 사이 십 년을 살아도 누군지 모르는
우리는 모두가 이방인
나도 한때는 자꾸 하늘 높이만 생각한 적 있었다
무엇에건 취한 사람들 틈에 끼인 적 있었다
높은 것에 취해서 고개 숙인
어리석음을 자르는데 꽤 시간이 걸렸다

높으나 낮으나 생명의 집이어야
크는 집이 아니라 행복을 낳는 집이어야
집다운 집인 것을

겨울 벽화

겨울 담쟁이가 벽화를 그리고 있다
'낯선 기쁨'을 외치며
몬드리안의 회색나무*를 옮겨온 듯
점과 선이 자유롭고
햇살 한 줌 달빛 한 아름에 기대어
고통 없는 삶은 세상에 없다며
엄동의 삭풍도 간난의 빛도
깁고 붙이고 으스러지게 껴안고 있는 우울한 누드

바람벽에 한 계절을 그리고 있는 담쟁이
뼈 속 깊은 한기 속에
꽉 쥐면 부서질 것 같은 여린 햇살 등에 지고
속수무책이던 절망의 옷을 벗고
세파를 견뎌낸 끈질긴 내력을
우울한 회색의 낯선 기쁨을
맨몸으로 보여주고 있다

차가운 계절의 누드화 한 폭

한겨울의 뜨거운 약속이다

* 몬드리안의 회색나무 : 19c 초 몬드리안(네델란드의 화가)이 그린 추상화

도서관에서

고요가 사각 공간을 옥죈다
꽃봉오리 벙글 때의 거룩한 고요 같은
소리를 죽이고 눈으로만 여는 문을 들어선다
눈 뜨고 잠든 문자를 깨운다

내 전용석이 된 구석진 열람석
땀 냄새가 속속들이 밴
젖어야 무엇이 되는 듯 젖고 젖은 자리
책상 귀퉁이를 기어드는 햇빛을 쓸어가며
얼룩으로 남은 의문부호를 지우기를 반복한다
숨 막히게 내게 엉겨 붙는 의문의 뿌리들

책장이 넘어가는 사이사이
시간이 흐르며 구름떼 모였다 흩어지고
우울이 이마에 주름을 긋다가
뒷목 당기는 말씀들이 소태맛이다

시간이 갈수록 책의 인력에 끌린 나는

의문 부호만 잔뜩 쌓아놓고
사막의 목마름으로 남의 지식 빌려 쓰며
꽃잎 다 떨어져 정처 없이 흘러가도
나는 약속의 꽃나무 한 그루 심는다

밤비

그리움이 밤비에 젖어
적막 속에 고개를 든다
그 세월은 멀리 흘러갔는데
시간은 호수에 뜬 부표인양 정지되고
비에 젖는 호수와 비에 갇힌 날의 기억

추적이는 빗소리에 귀 기울이면
조각난 그믐달이 구름 속에 숨어 울던
아마 살구가 노랗게 익을 무렵이었지
내가 그리움에 몸살하며
잠들지 못한 긴 세월 그날의 기억 때문에

밤 깊어 내리는 비는 슬픔을 데려온다
아프리카 원주민의 타악기 소리를 내고
그 속에서 아련히 밀려오는 살가운 숨결
아직도 내안에 네가 있어
멀리 간 순한 꿈이 울음이 된다

젖은 마음이 빗속에서 고독을 달래고
어느 원시의 골짜기에서
하늘만 덮고 사는 사람들의 마음 같은
먼 산이 되어 바라만보는 그리움이
밤비에 젖어 흐른다

수목장

팽나무 한 그루 심었다
어머니를 심었다
군자산 기슭 양지 바른 곳
눈썰미 좋은 풍경이 스스로 디자인한 곳에
어머니를 심었다
푸른 숲 사이로 햇볕이 부드럽게 다가오고
숲을 당기는 팽팽한 바람소리에 마음이 푸른
돌부처도 한 번 앉고 싶어지는 곳에
팽나무 한 그루, 내 어머니

어머니가 디딤돌 놓은 길 따라
나는 마른신 신고 그리움을 찾아간다
어머니의 꽃, 모란이 활짝 피어날 때
어머니의 유언같이 빛나는 별을 보고난 뒤에도
푹 젖은 슬픔을 말리려할 때도
어머니를 찾아간다

어머니 곁에 앉으면 시간이 자꾸 뒤로 흐른다

낯익은 풍경이 달무리 진 기억처럼 아련하다
포화로 무너진 집터엔 쑥대만 무성하고
첫눈을 기다리는 아이들이 미워지던 피난민 시절
땟거리 구하러 가시는 어머니의 뒷모습에서
분노와 슬픔이 바윗돌로 가슴을 누르던
어머니 가슴엔 무서리가 하얗게 내리고
나는 날지 못하는 어린 새였다

저녁이면 어머니 따라온 비린내가
왜 그리 싫었는지
세월 속에 묻혔던 그 냄새가 그리움이 되고
가시는 길 새 옷 입혀드릴 때 처음 본
한 땀 한 땀 기운 속옷에 깊이 파인 발뒤꿈치
차마 두려운 마음에 눈을 감았는데

어머니의 모습이 싱싱하다
하얀 옷고름이 팽나무 가지에 널려 깃발이 되고
조각보처럼 잇고 기운 삶의 누더기 깨끗이 빨아

햇빛 맑은 하늘에 얹어 말리며
해맑게 웃고 계신 어머니

아들아! 밥은 잘 먹고 다니냐?
출렁이는 새들 지저귐 속에 어머니 목소리
팽나무 그늘이 어머니 가슴 되어 포근하다
이 나무 크게 자라 많은 생이 곁들면
어머니의 넓은 마음의 베품이겠지
나뭇가지 흔들림은 배웅하는 어머니의 사랑이려니

쓸쓸한 포옹

생의 비늘이 싱싱하던 세월을 덮고
지축을 울리듯 쿵쿵 뛰던 심장이 멎을 것만 같은
서릿발 꼿꼿이 선 서늘한 가슴을 껴안는다
가시로 찔러오는 아픔
나의 쓸쓸한 포옹은
먼 길 헐떡이고 달려온 탓 있으나
안개 속 같은 무너진 유적이다
너덜 길 걸어가는 자작나무 껍질이다
겨울비에 떨고 서 있는 희미한 가로등이다
언제나 사랑의 미소 가득한 요정이었는데
복사꽃 웃음으로 볕 좋은 봄날 포옹이었는데
하루 종일 아파트 모퉁이를 맴돌고
방향을 잃고 가경천 둔치를 헤매고
치맛자락 붙드는 어둠에 얼굴을 묻고
슬픔도 기쁨도 까맣게 지워버린
출구 없는 동굴에 갇혀 절망하는 당신
쓸쓸한 당신과 나의 포옹

느리게 걷기

멀리만 보이던 길이었는데
갈 길 먼 줄 알고 서둘러 온 길인데
종점이 가까이 보이는 지점에 서니
보푸라기 같은 생의 아쉬움이
서릿바람으로 인다
물오르고 새잎피던 봄날 같은 유년도
무지개를 향해 달려가던 젊음도
돌아보니 유성 같은 순간의 번뜩임
문득 매미의 생애를 가늠해본다
하루살이의 하루라는 시간은?
우리의 시간 속도는 어떤가 생각해보니
사람 따라 속도가 다를 수밖에
하루를 누구는 길게, 누구는 짧게
제야의 보신각 종소리가
각자의 마음에 와 닿는 속도라는 느낌
하루를 1년, 10년으로 살 수도 있다는
부질없는 생각으로 마음을 말리다가
이것도 나의 느림의 철학으로 치부됨을

마음은 자꾸 허무를 만지며
꽃보다 황혼이 더 아름답다고
턱없는 억지도 쓰면서
기운 해를 바라본다
시간은 앞서 달려가며 손짓하는데
세상구경 핑계 삼아
걸음이 자꾸 게름을 핀다

바람의 수의壽衣

무당벌레가
엉겅퀴 꽃대를 기어오른다
오체투지로 자신을 지우며
하늘 향한 걸음이 경건하다

화관花冠을 쓰고 하늘에 닿은
지나온 시간과 경계를 짓는 그곳은
허공이 지어놓은 요람
벽도 지붕도 의미 없는 세상

순시와 억겁이 공존하는 그 곳에
사글세라도 얻을 수 있을까

눈비비고 다시 바라본 하늘은
아뜩하니 마음 없는 구름뿐이나
수없이 삶과 죽음을 껴안은
순한 무당벌레가
허공으로 날개를 편다

이울고 무당벌레는

바람의 수의를 입는다

기다림

새 둥지 하나 지어놓고

연분홍 면사포 쓰고 오는 신부 같은
푸른 그늘에 놀다 간 처녀엉덩이 자국 같은
늦가을 저녁별에 졸고 있는 노인의 얼굴 같은
발가벗고 극기 훈련하는 겨울 산 같은

그대인가 하면 눈감은 사계의 풍경

아침햇살에 꽃봉오리 벙그는 소리 같은
꾀꼬리 딱따구리 소란에 귀 트는 것 같은
머루 다래 달큼 시큼 익는 소리 같은
비늘눈에 얹힌 나그네 바람 한숨 같은

그대인가 하면 귀먹은 먼 산 메아리

그대는 오지 않고

내 주변을 기웃대던 생각들이
가끔 새가 되어 허공을 날아가
철새 몇 마리 데려오기도 하지만

계절이 수없이 다녀가고

나는 하는 수 없이
그대를 내 마음 밭에 심는다
사계의 풍경과 먼 산 메아리의 씨를 뿌린다
시詩 꽃이 필 날을 기다리며

가는 길

길은 어디나 가면 길이 되고
세상은 길 따라 쉼 없이 가고 있는데
그 길의 끝은 어디일까?

한 마리 개미가
소 발굽에 밟혀 가는 곳도
늙은 사자가 제 명 다하고 흙에 누워 가는 곳도
생의 소명을 다 하지 못하고
바쁘게 세상 떠난 사람도

흙이 되고, 물이 되고, 바람이 되고
결국 소립자로 분해되어 이 세상
무엇의 일부가 되어 이곳에 다시 남는 것

가는 것은 다시 오기 위함이니
세상은 늘 그 자리를 지키고 있어
본질은 하나인데
현상의 변화를 있고 없음으로 착각하고 있다

가는 길이

너와 나 차이가 너무 시시해서

창조주는

죽음을 만지는 비밀을 각자에 맡기지 않았을까?

고흐와 해바라기

「빈센트 반 고흐」 특별전시장에서
해바라기꽃 속의 고흐를 만난다
멍든 삶의 고통이 꽃으로 피어나
먼 길 돌아와 내 눈길을 붙잡는 해바라기꽃

강렬한 꽃 색깔이 내게 꽂힌다
고흐의 눈빛이다
해바라기꽃의 뜨거움으로 세상을 사랑하고
해바라기꽃 그늘을 빌려 아픈 세상을 살다간 고흐

굴절된 세상 남루와 이단을 불사르고
자신의 꿈을 붓끝으로 보여주려
꽃 속을 걸어 저 세상까지 더듬고
토해 논 해보다 강렬한 색채 '노랑'

생이 소용돌이치는 각박한 세상을
불꽃으로 활활 태우고 싶었으리
뭉게구름처럼 피어나는 꿈과 사랑을 담아낼

영혼의 그릇을 찾고 있었으리

고흐가 삶의 통증을 달래려고
캔버스로 데려온 해가
해바라기꽃에 스며들어
열린 고통을 사랑으로 승화시켜
세상의 희망으로 핀 꽃, 고흐의 해바라기꽃

위로

앞만 본 세상은 온통 팔팔하더니
이제 다시 돌아보니
잎새 다 떨구고 고독에 떠는 고목이다
세상이 나를 괴롭힐 때마다
결코 꺾일 수 없는 삶이라고
금방 꺼질 아침 이슬일지라도
햇살 머금은 영롱함 때문에
내 생의 부재를 모르고 왔는데
이제 내 모습 바라보니
때론 태풍에 우듬지 꺾인 나무가 되어
꽃 지고 나니 뿌리 뽑힐 벼랑에 서서
내 그림자가 점점 엷어진다
어느 날 그림자 하나
등 기댈 버팀목이 찾아와 위로한다
살아가는 슬픔을 기쁨으로 바꿔 논
당신의 손을 잡는다
엄마 품에 기어드는 아기모습으로
비가 와도 젖지 않는 마음이다

삶이 깊어지고 아직은 내가 설 땅 있다고
감나무 사이 얼굴 디밀고 웃는 달을 보며
아직은 나 머물 곳 이곳이라고
아침 이슬도 은유로 다가와
존재의 의미라는 명제를 던지고 있다
내 삶의 절정에서 뜨겁던 맥박이
느린 걸음으로 걸어와
나이 듦을 잊으라 한다

그랜드 캐년

바라보는 마음이 두렵고 아프다
시간이 고통을 업고 지나간 상처
땅이 꺼지고 불덩이가 아우성친 흔적처럼
꼭 저렇게 후비고 깎아내야 했을까
세상 물상을 형상화하여
경탄을 들으려 했는가
시간이 비바람 손을 빌어
깎고 다듬어 빚어 논
경이로움도 아름다움도 나름
아름다운 상처가 너무 아프다

가슴을 쿵쿵 울리는 땅의 울음을
시간은 몰라라하고
신비와 아름다움의 모태는 고통이던가?
아픔으로 창조된 위대한 자연의 작품을
그랜드 캐년에서 본다

쿵, 땅이 꺼진다

내가 무너진다
정신 차리고 보니
내 발끝이 천 길 낭떠러지에 서 있다

목련꽃

목련꽃 필 때 온다던 당신
세월가도 기다림의 꿈 접지 못하여
동천冬天에 꽁꽁 언 손 모아 꽃망울 맺고
봄 햇살 팽팽히 당겨
원망을 잠재우고 사랑의 씨 꽃이 피네
사막의 모래알 세다가 길을 잃었나
하늘 멀리 손 흔들어 길마중 한다

기다림으로 피었다
회한의 덫 무게에 와르르 무너지는 꽃
훗날 영지影池의 꽃구름으로 빛남을 아는 걸까?
꿈으로 약속하는 목련꽃의 애련

하얀 잠

눈 쌓인 하얀 길 가고 싶다
고요의 벽 두르고
눈 속에 푹 묻히고 싶다
하얀 바다에 뛰어들어
겨울잠을 자고 싶다

꿈처럼 사랑처럼 펑펑 내리는 눈
한겨울 쌓이면

겨울잠 깬 봄의 햇살처럼
맑은 눈으로 세상 바라보는 새싹처럼
몸을 씻고 마음을 씻고
다시 깨어나는 잠
하얀 잠을 자고 싶다

그리움 하나

- 묵묘가 된 순이 무덤에 핀 찔레꽃 -

누구도 꽃 한 송이 놓아주는 이 없어
스스로 꽃으로 피어나
뒤 늦게 찾아온 나를 반기는구나

빛 잃은 낮달이
검은 구름에 먹혀 개벽 하던 날
잔바람에도 하늘거리던
피지 못한 꽃봉오리
열두 살 네 육신이 찢기더니

맺힌 한을 스스로 풀어낼 줄 아는 너
산이 좋아, 꽃이 좋아
이곳에 일찍이 왔노라고
내 귓가를 스치는 네 목소리에
가라앉던 통증이 울컥 가슴을 친다

소나기 후두둑 지나간 뒤

젖은 옷 말리며 하얗게 웃는
슬픔을 꽃으로 웃고 있는
세월가도 뼈가 남은 그리움 하나

한탄강변을 걸으며

포화에 산모롱이 주저앉은
강물이 굽이치다 멈칫한 강변에서
옛 그림자를 밟는다
찔레 꺾어 물고 강둑을 달리던
벌거벗은 어깨위로 햇살이 저물고
무언지 모를 수 없이 주고받은 말 기억 없어도
산 위에 떠도는 구름 떼 따라
흘러 흘러가는 시간의 뒤안
내가 벗하던, 이름도 모습도 가물거리는 녀석들
새알 줍고 삘기 뽑던 봄날 때문에
곰딸기, 멍석딸기 가시에 상처 난 여름 때문에
머루, 다래 물큰 시큼한 가을 때문에
나 여기 강둑에 앉아
엷어진 저녁 해를 바라보며 나도 저물어
흘러 흘러 지금 여기 와 보니
옛 그림자들 내 옆에 슬며시 와서 앉는다
지나간 것은 그리움
그리움은 아픔의 향기

제2부

둥글게 살고 싶은 사람들 곁에서
옛 이야기로, 운치와 향기로 함께 하고픈
달과 하나 되는 삶
신비가 아니라도 해맑고 고아함에 매료되어
달 항아리를 곁에 두고 있다

구름

토요일 늦은 오후 창가에서 먼 하늘 바라보니
아이들이 모여앉아 하늘 따먹기를 하다가
호수 속에 누워 잠을 자다가

물상物象을 춤사위로 보여주다가
파란 화지에 온갖 추상화를 그리기도 하고

바람의 등에 업혀 세상구경하다 지루하면
한라산을, 북한산을 깔고 앉아
어머니 마음으로 세상 먼지 털어도 주지만

허공을 거닐다 지상의 것들 건방떨면
뇌우로 정신 번쩍 차리게 하고

구름이 품었던 수많은 빛들 안식에 들어
해를 따라가다 서산에 걸린 시간
구름은 지구만을 사랑한 하늘정원이다

우두커니

삶이 겨워 눈물 찔끔 흘리고서야
경계를 넘어가는 하루
앞을 보면 아뜩하고, 뒤를 보면 허무하고
그도 저도 묻어버려야 하는 저물녘

노을 진 수평선에 기댄 등 굽은 그림자가
젊은 무덤 앞 붉은 울음에 지친 여인이
무논에 외발로 서서 노을에 취한 백로 한 마리가
정하 마애불*이 찾는 이 없이 혼자
우두커니
그 마음을 허공에 띄우고 있다

세상사 다 잊고 싶은 저녁 한 때
허공에 갇혀 모아이 섬 석상*처럼
우두커니 서 있는 나를
지나던 바람과 잠들던 햇살이 부르더니
검은 허공에 마음 두지 말고
물처럼 흘러 땅 끝까지 가보면

허깨비 같은 어둠 뒤에 꽃이 핀다고

사념에 휘둘린 나를 위로하며
향기를 주는 말, 우두커니!

비 오는 날 서럽지 않은 눈물 흘리며
우두커니 서 있는 저 석불의 마음을
그저 우두커니 바라보는 내 발등에, 툭!
소리죽여 떨어진 눈물 한 방울
혼자 마르고 있다

* 청주시 상당구 토성리 44 소재(유형지방문화재 113호)

* 이스터 섬의 모아이 석상

세한도 다시보기

황원荒原에 발 디디고 귀틀을 맞추느라 안간힘 하는
바람에 날릴 것 같은 가벼운 집 한 채
가까이 다가서서 집을 들여다본다
한껏 낮춘 자세에 적막인데 순하고 엄숙하다
고요를 배경으로 문풍지가 트럼펫을 연주하고
멈칫 손끝을 튕겨 나오며 겨울을 녹이는 가야금 소리와
속 깊은 사내의 비범한 실루엣
장부의 웅지 같은 기개가 고여 있다
송백 네 그루가 호위하고 있어 객기를 부릴만한 집
밖은 맑고, 차고, 날카로우나 안은 푸근하고 속을 채웠으니
삶의 고단함 깔고 누우면 편안히 잠들 것 같다

모두 한 몫 제자리 지키며
여린 가슴 부풀리는 것은 송백의 기상
최후의 전투에 임하는 전사의 투지로, 극한에 맞서는 용기
늙은 병사도 허리 펴며 허공을 거머쥐는
송백의 모습은 삶의 교훈이고 철학이다
세한도의 배경은

하얀 적막 속 인내와 삶의 의지, 그리고 무언의 저항이다

비스듬히 기운 지붕에 하늘이 하얗게 누워있고
한 줌 햇볕이 드는가 싶더니
집 뒤쪽에서 보이지 않는 새 떼의 웅성거림
나는 것을 포기 못한 새들이 방생을 기다리는 듯
세한도에도 깊은 우울이 살고 있구나
나도 고단한 하루의 우울을 이곳에 내려놓고 싶었는데

삶이란 참고 견디는 것이란 걸 알면서
일상의 사소함에도
미늘에 꿰인 물고기처럼 버둥대며 살아가는 나에게
삶의 소중한 빛 한 줄기 안겨주고 있다
누옥에서 자연과 인간적 시련에 굴하지 않고
언 가슴에 불을 지필 수 있는 저 의지
세한도에서 잃어가던 나의 내일을 찾는다

거문도 봄 길

눈 허기로
거문도 봄 길을 나서보니
꽃 너울에 눈이 시려 얼굴 붉히며
저희들끼리 웅성웅성 정겹더라
파도 한 짐 등에 지고
구름 한 소쿠리 머리에 이고
허리긴 해안선 껴안고
수평선 넘어넘어 찾아온 봄 길은
갈매기 울음만큼만 출렁인다던 바다가
꽃 너울에 덩달아 춤추며
멀리 간 시간의 마디마디 불러놓고
적막하다고 밤새워 칭얼대더라
누가 와도 반갑고
누가 가도 서러운 봄 길에서
빈 가슴으로 찾아온 나의 봄은
바닷새가 한가롭게 날개 접고
봄 향기 가득한 이곳
봄을 밟는 발자국마다

까르르 봄의 웃음이 고여
울음도 화려한 꽃으로 피어나는
부끄럼 많은 여인의 품이어라

달 항아리

중천을 건너던 달이 어느 날
슬며시 내 거실로 들어왔다
창가에 정좌한 모습이
달마대사도 같고 내 어머니도 같아
내 안의 회색 우울을 밀어내고 있다

적요한 그믐밤
허공에서 눈을 떼고 달 항아리를 바라보면
달에서 쫓겨난 토끼가
깡충깡충 내게로 뛰어온다
달에 소원을 빌어 찬란한 꿈을 꾸던
그리움, 옛 꿈의 조각들이 숨을 헐떡인다

달의 동화적 신비가 떠나자
순백의 달이 내게로 왔다
아무 그림도, 이야기도 없는
그러나 그 속에는 더 깊은 신비가 있음을 안다
내게 온 달은 옷을 벗었어도

그 속 신비는 그대로 간직하고 있다

둥글게 살고 싶은 사람들 곁에서
옛 이야기로, 운치와 향기로 함께 하고픈
달과 하나 되는 삶
신비가 아니라도 해맑고 고아함에 매료되어
달 항아리를 곁에 두고 있다

빈 둥지

오목눈이가
뻐꾸기 새끼 날아간 빈 둥지를 맴돈다
가슴 털 뽑아 체온을 나눠주던
비바람 막고 사랑을 먹여주던 기억 때문일까
그 눈길이 망연하다

사랑은 생生 뒤에 온다는데*
생의 의미를 짚고 있는 걸까

어느 날 낯선 숲에서 마주쳐도
꿈에 본 듯 지나가는 바람이 되어도
지워지지 않는 빈 둥지의 기억만으로
사랑이 팽팽히 당겨진다

사람들은 낳은 정 기른 정을
욕망의 혀로 핥으며
먼 뒷날 불어올 바람까지 따지고, 재보고
사랑이란 탈을 쓰는데

오목눈이의 조건 없는 사랑 앞에
인간의 존엄은 무엇이던가?

오목눈이 떠난 나뭇가지가 아프게 흔들린다
빈 둥지에 떨어진 깃털 하나
자신을 넘어선 아름다운 흔적
굴참나무가 또 하나의 주름을 긋는 사이
뻐꾸기 피울음도 산을 건너가고
빈 둥지가 별빛보다 더 밝게 혼자 저문다

* 정현종의 시 '사랑의 꿈' 중에서

봄비

봄비는
생강나무 꽃잎에 앉아
봄의 노래를 부르는 숲의 합창이고

봄비는
고향집 장독대에 내려
어머니 손끝에서 장이 익어가는 소리고

봄비는
언 가슴 녹여주는 불꽃같은
기다림 뒤에 맞는 기쁨의 눈물이고

봄비는
어둠에 절은
몸을 씻고
마른 목을 축여주는 생명의 샘물이다

시간과 나

어쩌다 시간 속에 내가 껴들었나?
꼼짝없이 잡혀 끌려가는 노예의 모습
내가 이 세상과 연을 맺으면서부터
시간은 틈 없이 나를 통제하고
나 아닌 또 다른 내가 되기를 강요한다
어제의 나와 오늘의 나는 달라야하고
작년의 나와 금년의 나는 분명 다름이 있어야 하는
본질은 하나이고 상황만 여럿으로 바꿔놓는
시간의 틀 속에서 제조되는 나
허긴
세상 모든 물상이 시간의 노예인 것을
재창조물인 것을

강물처럼

강물은 혼자 가지 않는다
수많은 샛강을 껴안고
두런두런 하나가 되어 간다

깊은 산 속 옹달샘에서
처음 몸 솟구쳐 본 뒤
몸 낮추고
막히면 쉬었다 돌아가고
절벽을 만나면 뛰어내려
오직 갈 곳을 찾아 쉼 없이 간다

우리를 데리고 가는 세월
함께 가야할 걸 알면서도
마음이 자꾸 멈칫대는데
세상살이 떠안고
낡은 서랍 속 사소함도 함께 가야할
꿈같은 한 세상 떠밀고 간다

강물은 혼자서 가지 않는다
세상 더러움 탓하지 않고 모두 껴안고
가슴으로 맑게 씻으며 간다

퇴행

누가 뒤에서 자꾸 떠미는데
노인의 걸음은 자꾸 느려진다
건널목 신호등은 깜박깜박 재촉하는데
노인의 신호등은 바뀔 줄 모르고
떨어진 나뭇잎에 모인 햇살이
그림자를 지우려하자
바람이 가만두지 않는다
허공은 갈 곳 모를 길을 열어주고
싱싱한 삶들은 앞서 가는데
보행보조기 밀고 가는 낡음
퇴행의 한 발 두 발 걸음마저 잊어간다

시간은 주춤거리는 뜻을 아는지?
앞서가며 어서 오라 재촉한다

눈 오는 날의 꿈

엷은 햇살을 죽이고
허공을 휘어잡고 분분하는 저 자유
눈 시려 똑바로 바라볼 수 없는
마음 속 여린 순결

죽은 듯 잠자는
나뭇가지에 앉아 이마를 쓰다듬으면
서서히 깨어나는 숨소리
하얀 옷 걸치고 연둣빛 이파리 꿈꾸는

눈 오는 날의 꿈

휴전선

앞서간 슬픔을 따라가지 못한 영혼이
철책에 갇혀 신음하고 있다
이별은 또 이렇게 숨죽인 울음으로 서 있다
핏빛으로 물든 강노을 속에서
가슴 뚫린 모습으로 사랑이 저주가 된
잊을 수 없는 얼굴이 다가오다 멀어지고
역사에 또렷이 살아남아 지워지지 않는
이념이란 달콤한 사약을 마시고
죽어서도 애초 하나이던 마음을 갈라놓은
이단의 벽은 세월가도 더 단단해진 옹이로
철책 따라 허무의 공간에 우뚝 서 있다
사라져야 할 상형문자로 서 있는 저주의 벽
휴전선엔 바람도 눈먼 가시에 찔려 울고 있는데
인적 끊긴 무풍의 땅엔
들꽃이 더미더미 가득하고
고라니 한 마리 유유자적 푸른 오후를 즐긴다
우린 언제 다시 사랑할 수 있을까
철책선 따라가다 멈춰서 다시 북쪽을 바라보니

아픔의 양수가 터져 발등을 적신다
내 눈이 젖는다

낡은 사진의 초대

짙은 안개 속에 그녀가 서 있다

나의 봄이 풋풋하게 커갈 무렵
여린 가슴에 찍힌 사진 한 장
지워지지 않는 화인火印으로 새겨졌어도
아무 일 없던 듯, 슬픔이 없는 것처럼
벽에 걸린 낡은 조화처럼
영혼 없는 꽃으로 사진 한 장

까만 교복에 하얀 옷깃
입가에 어린 미소가 무척이나 곱던
갈래머리 소녀
시간의 먼 뒤안길 짙은 안개 속을 다가오다
눈 비비면 사라지는 허상
보행보조기에 끌려가는 쭈그러진 세월에
내 상한 영혼 한 줌 실어 보기도 하지만

우리가 걸어온 먼 길에서

그대를 데려가는 세월이 부디 기쁨이기를

세월은 봄밤의 슬픔처럼
옛 그림자 지우라 하는데

나는 오늘도 먼 산 바라기로 서서
마애불 닮은 외로운 미소 때문에
가슴에 찍힌
낡은 사진 한 장 때문에
대책 없이 다시, 그리움의 회억

봄은 다시 왔는데

개나리 울타리가
노랗게 종종대는 어느 봄날
'다시 오는 봄맞이 할까 몰라'
요양병원 창가에 기댄 창백한 얼굴이
밭은기침하며 미소를 보냈는데

망아지처럼 뛰고 싶고
새들처럼 날고 싶은 그 마음
목련이 알았는가
하얀 옷자락 펄럭이며 꽃놀이 가자는데

'얼른 가야지가야지' 입버릇처럼 하면서도
마음엔 초록들판 지나 고운 단풍도 보고
발 시린 나목으로도 섰다가
다시 봄을 맞겠다는 눈빛이었는데

길가의 민들레도, 씀바귀도
지난 봄 같이 꽃대를 세우고

봄의 향기가 창을 두드려도
다시 오는 봄을 기다리던 그 사람
봄이 다 가도록 창은 열리지 않네
꼭 감은 눈으로 맞은 봄은 어떤 모습일까

초정 약수

1

그리운 사람 그리워하듯
초록 넘어 단풍지나 얼음에 덮여도
진주보다 더 영롱한 물방울이
나를 소스라치게 깨우고 있으니
캄캄한 울음이 웃음꽃으로 피는
저 물의 맛
초정약수의 맛

2

몸도 마음도 지칠 땐
목젖을 다독이는 부드러움
초정약수 탕에나 가 볼 일

물 한 모금 마시면
환해지고 맑아지는 마음

늘어진 마음 추스르고 싶을 땐

물침이라도 맞고
삶의 활기를 찾을 일

4월의 꽃불

4월의 꽃불은
순한 가슴에 진분홍 사랑을 물들이고
잠깐 다녀가는
여름 한낮 여우비 같은 것

4월의 꽃불은
거친 세상을 몸부림치며 왔다간
이름 없는 사람들이
영원의 잠으로 피워낸 꽃무리

4월의 꽃불은
어느 은하의 별이 내려와
자신의 빛으로 꽃을 빚어
맑고 고운 사람에 안겨주는 꽃다발

4월의 꽃불이 있어
그리움의 맥박이 뛰고

미래의 꿈이 익는 저녁이 찾아와

희망의 세상이 열린다

풍경 하나

- 시간 여행 -

한 세상 어린 시절 정 다 빼앗겼지만
나, 더 늦기 전
가고 싶고 머물고 싶은 곳
늘 가슴속에 작은 별로 반짝이는 곳

진달래 붉고, 산 벚꽃 꽃구름 이룬
군자산 아래
갯버들 늘어진 도랑에서 가재잡고
쑥부쟁이 꽃 휘둘러 잠자리와 놀던 들길
수줍음에 얼굴 붉히고
어색한 눈웃음이 달빛에 촉촉하던 밤과
키 큰 수숫대 머리에 이고
통치마 팔랑이며 그 애가 겅둥거리던 길
꽃구름 쫓던 언덕배기 정자나무 아래
순하디 순한 웃음이 하얗게 피던 곳
꽁깡*, 지요꼬*는 제 나라 찾아가고
미순이 영자는 고향 찾아오고

산밑 외딴 집 순정이
열아홉에 시집갔다 스물에 혼자되었다는 소식
반세기만에 듣고 또 소식 끊긴
시간의 저쪽에서 손짓하는
연천 지혜골의 시간 여행

그곳에서 얘야, 길조심 하거라!
늘 걱정하시던 젊은 엄마 목소리
그 목소리 이명으로 늘 귀에 박히고
만신 할머니의 굿춤, 방울소리도 귀에 젖는 곳

세월에 잊혀가는 자리는 늘 시리다
파랗게 내린 달빛아래
또 먼 산 메아리 가듯 봄이 가고 있다

* 꽁깡 : 만주에서 살다온 형이라 부르던 이의 별명
* 지에꼬 : 여자아이 일본 이름

외포리 석양 무렵

종일 하늘을 건너온 해가
외포리 포구에 걸터앉는다
서산에 붉은 양떼는 느릿느릿 우리에 들고
노을 한 자락 붙잡은 노인이
바다를 안고 석상으로 굳는다

새들은 눈부신 하루였다고 재잘거리고
무사한 하루에 감사한 어부의 발걸음이 가볍다
사랑과 꿈을 접은 노인은
스러지는 석양 속에서
지나간 삶의 허무를 죽음의 손으로 만지고 있다

내일의 꿈이 푸른 들판을 내닫고
오늘 하루도 기쁨이었다고
개망초가 하얗게 웃는 포구의 언덕에서
노인의 그림자가 노을에 판화로 찍히는
그 짧은 시간의 소묘

찬란한 슬픔을 밟고 오는 어둠에
석양은 내일을 약속받고 잠드는데
노인이 마지막 일기를 쓴다
제행무상諸行無常
초승달이 몸을 불리고 있다

영국사 은행나무

중생들 몸 속속들이 파고들어
켜켜이 쌓인 삶의 때 깨끗이 씻어
나뭇가지에 널어 말리는 가을녘
천태산 기슭에 미륵불 한 분
마음의 등불 켜고
적막 깊도록 어둠을 밝히고 있다

영국사 천 년을 같이 한 은행나무가
미륵불로 우뚝 서 있다
무애무상無礙無常 하늘이다

헛된 욕망 한 짐 지고 찾아온 중생
작은 욕망은 하늬바람이 데려가고
속 모르게 굳어 주저리주저리 매달린 것은
섬으로 모아 떨어내주는 미륵불

그윽이 저무는 가을녘
산란한 마음 달래려 영국사를 찾아가니

풍경소리 공명으로 가슴 울리고
은행나무 천 년 미륵이 자비의 손 내미는데
찌든 가슴에 울림은 금세 잦고
늙은 바람 긴 한숨소리 허공을 맴돈다

한탄강에서

2019년 한탄강은 예나 다름없다
주절대는 강여울의 입심도 여전한데
강바닥에 우뚝우뚝 박힌 바윗돌은
흘려보낼 수 없는 아픔을 껴안고
말이 없다
한도 탄식도 잊은 듯한데

강은 시간의 마음을 닮아 있다
흘러가야 강이라고
돌아볼 수 없는 것이 강인데
저승 간 목숨 다시 불러
여울물 꼬리치며 들판을 가른다

포성에 숨죽였던 재인폭포가 쩡쩡하다
유구히 흐르는 강은 아무것도 품지 않는데
순간을 살다가는 사람들은 아우성이다
아무것도 아닌 것을
사소함이고 헛됨인 것을

되새 떼가 비상하며 깊어지는 하늘을 본다
영지에 드리운 무영탑처럼
아직도 지우지 못한 옛 그림자 하나
귀 기울이면 강돌울음, 내 누이 울음소리
강물에 처연히 누워있다

허공에 앉아 있는 새

현암 마을 어귀에 우뚝 하늘새 뜨면
낮은 삶 사는 사람들 시린 가슴 보듬으려
어둠이 눈 밝혀 무당춤을 춘다

가없는 허공에 외발로 서서
창공을 날고 싶은 욕망 죽이고
작은 우주 하나 깨우려 날개 접은 새

하늘을 노래하는
햇살보다 더 맑은 새 소리에 귀 트면
발아래 세상에도 별이 뜰 것 같은

정화수에 두 손 모은 어머니 모습으로
땅의 정령 모두 모아
환한 하늘 길 이끌어줄 것 같은

날개 없는 새의 눈부신 날갯짓이
순한 인연들의 작은 소망을 하나로 모은다

다음엔 이렇게 만나리

그 곳이 눈앞에 와 있다
멀리 아득하기만 했는데
한 움큼씩 쥐어지는 이별이란 말
너무 가까워 밀어내며 그 곳을 생각한다

세상과 이별 뒤에
바람 불면 바람의 노래가 되었다가
밤하늘 별로 떠서 반짝이다가
때로는 지상에 내려와 한 그루 나무도 되고
아름다운 꽃잎에 나비로 노닐다가
우리가 다시 만날 때는
하나로 녹아 합금이 되리니
고된 변용이 되더라도
서로 슬픔을 주지 않는 만남
세상은 조금도 변치 않고 우리만 변한 모습
그 모습 장하다 여기며
그리움과 슬픔을 녹여 서로 껴안은
가슴 뛰던 처음 만남처럼
다음엔 우리 그렇게 그렇게 만나리라

제3부

우리들 삶에 지진이 일어도
흔들림 없는 의짓대 세우고
사랑의 탑돌이 하는 나날이었으면 좋겠어
내 마음 속에 피는 꽃이
당신 가슴에 활짝 피어나는 나날이었으면

유월

숲이 유월을 껴안자
푸르름이 굽이굽이 파도친다
살진 오동잎에서는 묵직한 거문고의 음률이 은은하고
단풍나무에선 바흐의 G선상의 아리아를 연주한다
푸른 하늘을 달군 노란 햇볕도
나뭇가지에 걸터앉아
하루 종일 흘린 땀을 식히고
유월을 메고 가는 이웃들
무겁게 지고 온 바쁜 시간도
푸르디푸른 나무에 매달고
산이 숨긴 길을 팽팽히 당겨
단단하게 익어가는 나무의 속살을 끌어안는다

타는 햇살에 푸른 숲이 완성되고
사슴벌레도 참나무 상처를 먹고 어른이 되는 유월

흔적

앞산 눈 녹으니
눈 위에 찍힌 노루발자국
스르르 깨어나 산 속으로 뛰어간다

사막을 수천 년 걸어온 낙타도
발자국 하나 남기지 않고
새들이 수없이 찍어 논 허공의 발자국도
푸른 하늘이 깨끗이 지운다

이 세상을 다녀간 흔적은
문풍지 붙잡고 울고 간 삭풍처럼
갈잎 떨어진 자리에 돋는 새싹처럼
흔적을 지우고 새것으로 바꾼다

사람들은
지하 궁전을 짓고, 기념관과 동상을 세우고
잠시 머물다 가면서 영원을 꿈꾼다

세상 섭리를 뒤로하고 허상에 매달리는
오직 사람만이 흔적에 집착하는 건 아닌지?

천년 고목이 태풍에 쓰러지자
자신을 주섬주섬 거두고
침묵의 재*가 되어
흙으로 돌아가는 모습 얼마나 고상한가?

비우고 채우면서 이어가는 세상인데
흔적이란 허상의 유혹에 집착하는 뜻은
"나 죽거든 들판에다 버려라"고 했다는
'장자'에게나 물어볼까?
흔적은 제 모습 지우고 원초로 돌아가는데

* 신달자 시집 '오래 말하는 사이'에서 인용

어둠

어둠은 욕망
어둠은 폭군
어둠은 쉼표, 그리고 마침표

어둠은 무량의 무게로
존재와 부재를 공유한 형이상학
본질과 현상을 순수로 조탁한 예술

어둠은 불편한 생의 길잡이
어둠은 질기고 질긴 꿈의 광장
어둠은 터널의 시작과 끝

나를 먹으러 달려오는 어둠에
난감한 내 생은
눈 감을 수밖에

나는 작은 마음의 문을 열고

날마다 어둠을 맞으며

영원의 길 예행연습 중이다

운명이란 두통

나를 헷갈리게 하는 운명이란 말 무게에 눌려
두통이 심한 오후
철늦은 굵은 빗방울이 두드리는 창가에 앉아
빗속을 방황하는 내 그림자를 본다
지난 밤 달 속을 걸어가
너와 조우한 벅찬 낭만의 강은
이미 멀리 흘러간 운명이라 말해주고
나 살고 있는 이 세상이
신의 은총이라 착각하고 있는 것도
바보 같은 슬픈 믿음이었음을
내 발 끝에 떨어진 나뭇잎 하나에서 알겠거니
나의 생도 허무로 채워질 테고
태어나기 전이나
이제 가야할 길이 어딘지 궁금하지 않다
해는 넘어가고 어둠은 세상을 지울 테니까
나의 뜻과 관계없는 창조니 운명이니 하는 것을
종교처럼 믿고 산다 생각하니

내 작은 생이 너무 야속한 것 같아
오늘도 두통을 놓지 못하고 있다

작은 소망

아이들 손잡고
들꽃처럼 살았으면 좋겠어
잡초의 질긴 생명력에
순한 정령이 팔베개 해주고
아침을 여는 눈부심의 하루하루였으면

낮은 곳이 있어야 높은 곳이 있지
강물도 낮은 곳으로만 흐르잖아
산나물에 된장찌개
당신이 청보리 건들바람에 눈 뺏겨
머리 듬성한 내게서 잠시 눈 돌려도 괜찮아
나를 그림자로 가두지만 않는다면
당신의 눈길이 가는 곳
마음만 떠나지 않으면 괜찮아
뜰에 어둠내리고 새들도 잠들고
흘러가는 별무리 하염없어도
동백꽃 춤추고 선돌바위 북을 치는 저녁
하루의 시간이 후회로 가슴 치는 일만 아니면

뒤늦은 깨달음에 당황하는 모습이 아니라면

우리들 삶에 지진이 일어도
흔들림 없는 의짓대 세우고
사랑의 탑돌이 하는 나날이었으면 좋겠어
내 마음 속에 피는 꽃이
당신 가슴에 활짝 피어나는 나날이었으면

보살사의 달

보살사에 달이 뜨면
잠 깬 풀벌레가 독경을 시작하고

조각구름이 부처님 얼굴을 가릴 때마다
염불하던 큰 스님의 헛기침 소리

끝내 무애의 늪에서 생과 사의 의미가
천둥치며 무지개로 뜨는 곳

보살사에선
도량에 내린 달도 부처가 되는데

세속의 늪에서 허우적이는 나는
망연히 산문山門의 달빛만 밟고 서 있다

사랑 · 2

머리와 입으로 하는 사랑은
순간 스쳐가는 향기다
몸으로 하는 사랑은
향불로 활활 타오르다 삭는다

진정한 사랑은
가슴과 가슴의 합집합
나의 사랑은
머리에서 가슴으로 내려오는데
칠십 년이 걸렸다

촛불

광화문 거리가 촛불로 활활 타올랐다
붉은 심장에서 터져 나온 화산이었다
손에 손에, 마음과 마음이 하나 되어
민중이 하늘이라 높이 든 촛불이었다

여명이 오고, 세상이 눈 뜨고
가슴 누르던 어둠을 촛불로 밝혔으니
낮달처럼 앉고 설 자리 가릴 때가 되었다
촛불은 더 이상 밝히지 않아도 되는 것 같았다

정의로운 맑고 밝은 순수를 기대했는데
활짝 열려야 할 희망의 문은 다시 닫히고
우리는 그을린 촛불의 잔상에 눈을 다쳤다
촛불은 맑은 영혼을 태우는 유령이 되고
정의는 더 깊은 어둠에 갇혀 허상이 되었다
2019년 봄, 꽃이 피지 않는 계절이 왔다

선무당 굿판에 현혹된 촛불의 허상이

욕망의 도구로 타오르는 오욕의 땅
간교한 욕망의 화신으로 거짓 평화를 줍는 비둘기 떼
쓰레기를 치우듯
시기와 원망과 분노를 낙엽 태우듯
오염된 마음을 태우고, 시기를 태워 꽃을 피우는
봄이 온다는 입소문만 무성할 뿐
언 땅은 녹을 기미가 없다

촛불의 순수를 저버린 사람들
역사는 분명히 말 하리라

하늘의 무게

하늘의 무게는 얼마나 될까?
흰 구름이 떠다니는 걸 보면
종이 한 장 무게만도 못한 듯한데
먹구름이 비를 쏟아 붓는 걸 보면
그 무거움 가늠이 안 된다
새가 하늘을 날고
비행기가 뜨는 걸 보면
역시 하늘은 가벼워 보이는데
돌멩이 하나, 낙엽 하나
허공에 머물지 못하는 걸 보면
하늘과 땅은 가벼운지? 무거운지?
태양이 떠 있고 지구와 달이 떠 있고
땅은 내 무게에 눌려 있으니
그냥 모두 무량無量이라 해 두자

하노이

깊은 숨 단전丹田에 모아놓고
꿈을 캐고 있다
하늘은 높은데
땅은 넓은데
낮은 꿈들이 기지개를 켜는 하노이
우뚝우뚝 하늘을 넘보는 꿈의 파편들이
불꽃처럼 튀어
점, 점 욕망을 곧추 세우고 있다
낮은 사람들 위에 군림하는 빌딩
욕망의 그늘에서 가슴 뜨거운 오토바이 대열
목청껏 뽑아내는 절규를
고층빌딩이 조각조각 떨어져
길을 막는다

곡哭, 구룡산 비둘기

산 아래서 허덕이는 나를 돌아보려
구룡산을 오르는데
길섶에 비스듬히 누워있는 비둘기 한 마리
허공을 놓지 않으려 오그린 두 발이 처연하다

날마다 구룡산을 누비며
산이 낳은 삶의 만찬을 포식했어도
아직도 미련이 남은 듯 두 눈 동그랗게 뜨고

종종거리며, 오물거리며
수 없이 쪼아대던 꿈의 조각
나무와 흙과 끊임없이 대화하던 생의 독백

생의 마지막은 누구나 고요한 것
허공을 누비던 접은 날개가 아름답다고
지나가던 바람이 말하네

나는 뭇 새들의 조문을 받으며
낙엽을 모아 안식을 기원한다

삶의 무게

단 하루를 살고 가는 하루살이도
미풍에 흔들리는 마른 꽃잎도
사철 청청한 소나무도
삶의 무게는 있어
그 무게가 곧 주어진 삶이기에 최선을 다 한다

코끼리나 고래의 무게가 아무리 무거워도
삶에 맞는 무게를 갖고
사슴이나 토끼도 뛰어오르는 만큼만 무게를 지니고
생쥐 한 마리 그 가벼움에 스스로 땅을 기어도
삶의 무게는 똑 같은 것
삶의 의미를 똑 같이 부여받은 것
모두 저울에 달아도 기울임이 없는 삶의 무게

어느 것인들 삶에 가벼움이 있겠는가
자신의 무게도 모르면서
세상의 무게를 재단하려는 어리석음
누가 등 굽어 비탈 길 기어오르는 저 노인의 삶을

가볍다 하랴

나는 내 삶의 무게를 재 보려다
청맹과니가 되어 우두커니 서 있다
내 삶은 밤 한 톨 무게는 되는 것인지
모두 제 삶의 무게만큼 껴안고 사는데

어둠 · 2

어둠이 밀려온다
창밖 풍경이 슬며시 거실로 들어와
허상이 되어 허공에 매달린다

세상이 불온을 감추자
나비도 날개를 접어 허공이 무너지고
초승달도 눈을 감고 자리를 뜬다

창가에 기댄 나의 눈길이
천천히 내 생의 늪을 들여다보니
어둠의 허물에 싸여 희미한 빛
햇무리 속 한 줄기 빛이 나를 맞는다

어둠은 새로움을 잉태하는 창조주
순간과 영원을 잇는 의식의 시간
내가 밝음으로 보지 못하는 세상을
어둠은 환히 밝힌다

꽃 진자리

꽃이 피는 것도, 지는 것도
꿈을 꾸는 일
한겨울에 봄이 꿈으로 자리 잡고
꿈은 늘 시간에 앞서 간다
꽃 진 자리를 보면
꿈을 알 수 있지
그 자리는 생명의 원천이니까

호랑나비 애벌레가 날개를 달고
하현달이 스러졌다 다시 차오르듯
비움을 있음으로 채우는 일
꽃 진 자리는 새 꿈이 돋는 아름다운 상처다
살 찢고 돋았다 떨구는 나뭇잎 같이
아픔이 아픔을 내준 자리
존재와 부재 사이에
누가 이르지 않아도 맥을 잇는
꽃 진 자리는 생명을 잇는 비움이다
아름다운 영혼의 흔적이다

대둔산에서

산이 하늘을 오르다 힘겨워
구름의 그늘에 자리를 잡고 앉았다

하늘향한 마음 놓지 못해
우뚝우뚝 솟은 봉우리마다
구름이 어깨를 짚고
산은 산이고자 의연히 서 있는데
산이 되고 싶어 산을 오르는 사람들
영혼은 모두 산 아래 붙잡혀 있다

대둔산 구불 길 바튼 길을 등에 업고
산을 품으려
산허리에 매달린 나를 산은
더 오를 곳 없다고 외면한다
지나가는 바람에겐 손 흔들어주면서

나를 푸른 허공에 비추어보니
마음에 꽉 찬 건 모두 허접한 잡동사니

빈 곳이 없으니
산의 큰마음을 어찌 품겠는가?

눈 크게 뜨고 대둔산을 다시 보니
산기슭에 키 작은 나무 한 그루, 우뚝
서 있다

세월의 옹이에서 피는 꽃

그 때는 태풍이 자주 왔다
고목이 내 품으로 쓰러졌다
까칠한 보리수염도 내게서 익었다
강은 여울져 아우성치고
어디서 왔는지 모를 낯선 수런거림은
품어도 품에 드는 것이 없었다
보듬어 그리워할 손길은 늘 빗나갔다
무지개를 쫓던
의식은 무의식의 동굴로 빨려들어 갔다

젖은 빨래처럼 축 늘어져
나를 세우지 못하고 헤맬 때
젖은 가시덤불 속에서
설친 잠 떨치고 비상하는 멧새 떼를 보았다
강 건너 불빛의 의미를 처음 읽던 날이었다

어느 날 겨울나비가 날아왔다
얼마나 먼 길 왔는지는 알 수 없지만

내 이마를 짚은 손이 어머니였다
나를 키운 나이테가 의식을 깨우기 시작했다
세상이 문을 열어주기 시작했다

열엿새 달빛에 찔레꽃이 환하던 날
어머니 묘소에 들렀다가
내 영혼을 두드리는 북소리를 들었다
고요에서 들려오는 어머니 말씀
“애초부터 아름답게 피는 꽃은 없다
옹이를 경전처럼 새기고
생각의 알을 낳아 하늘을 날게 하거라”

신발

신발장에서 꺼낸 신발이 무겁다
낯설다
자세히 보니 내 무게에 잔뜩 찌그러져 있다

신발은 나를 데리고 꽤 멀리 왔다
맨발에 신을 신은 날부터 80여 년을
신발이 내 삶을 지고 다녔으니
얼마나 무겁고 고단했겠는가?

오늘 아침 거리로 나서며
가로수를 건너다니는 새를 본다
바람의 신을 신은 새들의 가벼운 발
얼마나 가벼운 한 생을 걸어가는가?

신발을 정리하다 발견한 어머니의 신발
뒷굼치가 다 닳고 찌그러진
흘러간 세월이 무겁게 달라붙은 신발
이젠 바람의 신을 신고 떠나신 어머니

구멍 뚫린 내 가슴을 지나가는

휑한 바람이 내 마음을 대신 울고 있다

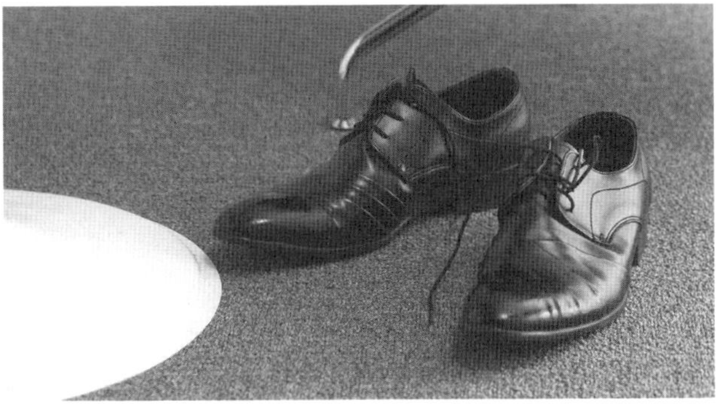

소나기

햇빛 쨍쨍한 날 오후
갑자기 먼데서
하늘이 까맣게 몰려오며 지르는 함성에
축 늘어진 호박잎 귀가 번쩍 든다

후박나무 너른 잎이 펄럭이는가 싶더니
꼿꼿이 서서 세차게 달려오는 그 섬뜩함
하늘이 내려앉아 푹 젖는다

마른 들판의 심장이 펄떡이고
나뭇가지 몇 개 꺾이는 소란도 있지만
빗물은 한없이 부드러운 손길로
산과 들, 초목, 바윗돌까지
추한 꼴 못 본다며 발가벗겨 씻어주는
자비로운 손이 된다

지나간 발자국만 남기고
푸른 꿈도 상한 마음도 함께 가져가는

그 큰 뜻 누가 알겠는가
벗겨진 비늘 핥고 있는 마른 웅덩이 찾아
늙은 총각 한낮 꿈처럼
갈라진 마음 꿰매놓고 지나간
찬란하게 왔다 사라지는 무지개 같은

약속

담벼락에 붙은 담쟁이가
나이테 하나 두르느라
허공을 쥐고 안간힘이다
제대로 살아 숨 쉬는 것은 바람뿐
몇 번이나 허리가 동강나도
기어 올라야하는 세상과의 약속
헐벗은 영혼에 햇볕 한 줌 내리는 한 낮
꿈은 창공을 날아
열대의 어느 뜨거운 가슴을 더듬느니
눈바람이 생을 떼어놓으려 해도
자신이 붙든 세상의 체온으로 몸을 데우는
겨울 담장이
늙은 담장 등에 업혀
한 줌 햇살에 생을 맡기는
세상과의 약속 지키느라 안간힘이다

적막에 들다

누이가 바람꽃 위에 눕는다
꽃보다 아름다운 잠이다

멀미하던 상한 숨소리
엄살 같던 시간을 멈춰놓고

꽃잎에 맺힌 사리가
사르르 하얀 나비로 우화한다

몸 벗은 나비가 하늘 끝
적막에 든다

꿈

앞 뒤뜰이 넓은 집
나이든 대추나무가 울타리처럼 둘러서
대추나무집으로 불리던 집
볕 좋은 옛 고향집에서
아이들이 동화책을 읽고
'안데르센' 아저씨를 만나러 간다고
알프스로 '하이디'를 찾아간다고
모두 마음 들떠 있었는데
어느 날 폭풍이 휘몰고 하늘과 땅이 요동치더니
아이들을 모두 데려갔다
집이 무너지고 대추나무가 뿌리 채 뽑혔다
세상이 붉은 물로 물들었다

나른한 봄날 잠깐 다녀간 꿈이었다
꿈을 깨니
창엔 슬픔같이 빗물이 흘러내리고
창밖은 꿈속에서 본 잊히지 않는 울음의 여운
비 그친 하늘에 작은 별들만

어릴 적 사라진 기억의 잔해같이
반짝이고 있었다
기억 속으로 밀려드는 악몽 때문에
자꾸 가슴 뜨거워지는 그 시절
까맣게 지우고 싶은 기억

꽃

세상은 아름답다고 꽃들이 핍니다
제각기 모양을 디자인하고 향기를 매답니다
산에도 들에도 마음속에도
꽃은 식물에만 피는 것이 아닙니다
마음의 꽃이 피듯
대상도, 자리도 가리지 않고 핍니다
땅이 꿈틀거리고 하늘이 요동쳐도
꽃이어야, 꽃을 피워야하는 세상
시련의 눈물 없이 피는 꽃은 없다며
고된 목숨들 환히 웃고 있습니다
제 눈물로 목을 축이고
어둠이 오면 어둠을 먹고 피는 꽃
화려하지 않아도, 향기가 없어도
꽃으로 핀다는 것은 행복이라고
보드블럭 사이 냉이꽃이
담장 밑 민들레꽃이 환히 웃고 있습니다
양귀비보다 더 독한 사랑을 피워내는

하찮은 꽃 한 송이가 지구를 환히 밝힙니다
내 마음도 꽃물 들어 환하게 열리는 아침입니다

달팽이

성지 순례 가는 수도자다
맨발로 일보一步 일 배拜
배밀이로 묵언수행 하는 순례길
세상이 모두 절망이라 할 때도
달팽이는 희망을 등에 지고 간다

그곳은 먼 저쪽
오직 성심聖心 하나로 닿을 수 있는 생의 정점

일보에 소망이 싹 트고
일 배에 소망의 열매가 맺는다
바람의 시간을 불러
신의 곁에 가고자 하는 소망

일생을 가도 닿지 못할 길이라도
그곳이 있기에 멈출 수가 없다

제4부

마른 뼈가 잡히는 내 그리움의 정한을

허공에 매달린 생이 꽃이 피는

상처로 남은 가슴에 피는 가을 장미처럼

몸살 하는 내 몸 속에도

그리움의 꽃 한 송이 피울 수 있을까

창밖 풍경 · 2

뜰에 단벌옷 입고
함초롬히 소나기 맞고 서 있는 모과나무
가지마다 젖꼭지 문 초롱한 아기를 안고
천의 손으로 비를 막고 있다

푸른 엄마가 아기를 꼭 품고 있다

지나가던 바람이 흐뭇한 미소로
맑은 햇살 한 줄 끌고 와
아기 기저귀 말려주고
무심인 듯 속 깊은 바람의 사랑에
소나기 지나간 자리 더욱 청청하다

시 낭송회

4월의 문을 활짝 열고
빈 의자에 앉아 시집을 편다
낯익은 시 한 수 툭 튀어나오자
바람이 결을 타고 낭송을 한다

시어가 사막에서 헤엄을 치고
행간의 울림이 향기로 퍼져나간다

벚꽃이 천의 미소로 시편詩篇을 넘기자
느릅나무 연둣빛 웃음이 허공을 건너
외딴 터 할머니 닫힌 귀에 꽂혀
목련이 뭉게구름처럼 피어나고

외로움이 죽음으로 매달려
생의 한 자락 깔고 앉은 고목이
울음보다 슬픈 꽃 한 송이 피운다고
날개 접은 나비가 시를 읊는다

시집이 닫히면
노숙하는 별 하나 불러
빈 의자에 앉히고
나는 홀로 우는 새소리를 훔친다

오늘을 꽃이라 읽는다

창밖에 불붙은 꽃무리
고운 살결 어루만지는 바람과 빛의 손길
배시시 웃는 마음과 마음이 하나 되어
아침은 싱싱하고 지나가는 시간이 향기롭다
달디 단 꽃향기에 취하는 하루
오늘을 꽃이라 읽는다

고향 뒷산에 제멋대로 핀 야생화
그때는 꽃을 가슴에 담지 못했다
검은 별이 꽃잎에 떨어져 재가 되고
달무리 진 오동나무 아래서 돌아서는 뒷모습에
서러움도 그리움도 어둠에 묻어야만 했던
돌아보면 그 시절 우리도
분명 하나의 꽃으로 피어났던 것을
아프게 피었어도 꽃은 꽃인데
그때는 꽃이라 읽지 못했다

길이 길을 업고가다 지쳐

몸살하며 눕는 저녁에도
나는 내일의 꽃을 기다린다
진흙 펄에도 눈 밝은 별은 뜨느니
반짝 떴다 가는 눈썹달의 해학
봉오리로 피다지는 꽃이 되어도
마음의 향기에 아침마다 눈을 뜨며
오늘을 꽃이라 읽을 것이다

꽃 밖의 꽃모습만 보고
꽃 속의 꽃을 보지 못한 세월
안개 낀 불온한 마음의 허물을 벗고
팽팽히 삶을 끌어당기는
나도 꽃 속의 풍경이 되면
삶의 순간순간이 모두 꽃인 것을, 이제야
오늘을 꽃이라 읽는다

아침 이슬

순결한 영혼을 가진 손님이 왔다
아침보다 먼저 찾아와서
풀잎마다 가슴에 종을 달고
어둠에 물린 대지의 잠을 깨우는
종을 울린다

어둠의 적막을 털고 묵음으로 울리는
세상을 깨우는 종소리
신경증에 시달리는 꽃잎에도
풀잎 하나 나뭇잎 하나에도 생명을 나누려
꼭두새벽 떼 지어 찾아온 아침이슬

언 듯 보면
어둠이 흘린 눈물 같은데
햇살이 박히면 찬란한 보석이 되고
삶의 기억들을 되살려주는
가슴에 영그는 사랑의 뼈 같은

대지의 고리를 단단히 쥐고 찾아온

새 삶의 힘, 아침이슬

가을 장미

그리움이 얼마나 깊었기에
하늘이 보내준 세월 다 보내고
그리움이 녹아 찬비로 내리는 계절에
눈물로 외롭게 피어나는가

얼마나 그리움이 깊었기에
오뉴월 한 철 붉디붉은 그리움 다 쏟아 붓고
그래도 빈 허공이 남아
이 철늦은 계절에 얹혀
붉은 가슴 내 보이는가

그리움이 얼마나 사무쳤으면
계절을 잊고 꽃대하나 세우기조차 잊고
시간 위를 냉가슴으로 걷다가
찬 서리에 꽃잎 적시며 손 비비고 있는가

마른 뼈가 잡히는 내 그리움의 정한을
허공에 매달린 생이 꽃이 피는

상처로 남은 가슴에 피는 가을 장미처럼
몸살 하는 내 몸 속에도
그리움의 꽃 한 송이 피울 수 있을까

매미

몇 년인가 눈뜬장님으로 견딘 설움을

한껏 쏟아놓는 저 울음

한 서린 통곡이 저리도 처절하던가

하늘이시여!

등대

날 저물면 바다에 뜨는 눈이 있다
바다가 눈 꼭 감고 나 몰라라할 때
손잡아 길 트는 뜨거운 사랑이 있다

무심인 듯 구비 칠 줄만 아는 파도를 껴안고
면벽 수행하는 구도자의 경건함이다

어둠에 불 밝히고 깃발 흔들어
미로를 사랑으로 이끌어주는 거룩한 침묵
한줄기 불빛 무게로 암흑의 벽을 뚫는다

홀로 검은 바다의 파수꾼이 되어
쓸쓸에 젖은 등대의 온유
외로움에 길든 시인의 초상이다

질경이

사람발길 닿는 곳이 아니면
아예 터를 잡지 않는 저 고집
밟히고 찢겨도 주눅 들지 않는 저 기개
삼보 일 배 성지순례자의 당당함이다

위를 향해 기를 쓸 법도 한데
낮은 삶이 가장 높은 곳에 있다는
납작 엎드려 땅에 가까이 닿으면
하늘이 내려와 품어 준다는 믿음일까?

자신을 밟고 간 사람들에게
천둥과 번개를 맞으면서도 침묵하는
질경이 혈맥을 보면 알 수 있다
존재의 의미를 당당히 보여주고 있음을

나의 모습은 흘러가는 구름처럼
그냥 오간 길에서 허둥댄 시간이었는데

낮은 삶의 참뜻을 몸으로 실천하는 너
질경이의 짓 푸른 몸짓을 새겨본다

말의 가시

세상이 궁금하여 TV를 켠다
요설과 괴변의 아바타들이 경연을 한다
낯익은 잘났다는 사람들의 말잔치는 모두
바람 새는 풍선의 위태로운 비상이다

침묵밖에 모르는 내게도
가끔 말의 가시가 꽂힌다
한 번 꽂힌 가시는 뽑히지 않고
자꾸 상처가 깊어지며
말의 가시가 쓰나미로 밀려온다

말의 가시에 찔린 사람들의 슬픔
가끔 진실이 해바라기처럼 고개를 들면
태풍이 몰아치고
진실은 어둠의 가시에 먹힌다

불온한 마음일 때 혀에 가시가 돋고
가시에 찔린 마음은 빛을 잃는다

오직 혀에 도끼날만 세우고
막말로 관심 끌고 뜨는 세상

말이 맑은 샘물이 되어
멍든 가슴에 응어리를 풀어주고
내 가슴 속 맑은 용천수가
아름다운 시어가 되어
목을 찌른 가시를 뽑아주면 좋겠다

누구를 위한 누구의 세상인가
신문을 놓고 TV를 끈다
파랗게 질린 하늘이 비로소 미소를 짓는다
푸른 숲이 나를 위로하는 오후
잠시나마 말의 가시가 없어 평안이다

꽃이기에

허리가 꺾여도 웃어야하는
네 젖은 눈 속에
달빛이 조심조심 지나간다

그 누구던가?
화려한 욕망의 만행에 길들여진 자는?
선택된 한 생애가
욕망의 제물이 된 꽃송이

나비 한 마리 불러보지 못하고
오직 사람의 눈길에 길들여져
꽃으로 피었다 꽃으로 지지 못하는

꽃은 아름다워야 하고
꽃은 아름답게 죽어야 하는
꽃은 죽음도 웃음으로 맞아야 하는

작은 새 한 마리 나뭇가지에서

꺾이는 꽃을 보고
고개를 갸웃 하다 날아간다

꽃은 꽃이어야 한다고
죽으면서 웃는다
세상 것 모두 한 목숨인데

대왕의 샘 초정약수

구녀성 전설이 혼자 펄럭이고
건들대는 바람의 흥에 마음 이끌려
산비둘기 오물거리는 길 따라가 보면
정 깊어 옹기종기 모여 사는 사람들
소박한 꿈이 나날이 영그는 곳
신비의 영천이 있어 천혜를 누리는 초정이다

오늘 이곳이 나를 데려온 것은
위장병에 시달리던 내 유년의 기억과
때때로 발작하는 피부염과
함부로 굴린 몸뚱이의 아우성
뽀글뽀글 뽀글
어둠을 뚫고 솟구친 환희의 함성으로
내 처진 몸에 활력을 주려는 초정약수

물도 뜨거운 가슴 있어 사랑을 하던가
맑은 영혼을 사랑한 물의 정념
입소문 귀 소문이 세상을 널리 열어

세종대왕이 안질과 위장병을 고치고
훈민정음을 완성하였다니
대왕의 샘으로, 세계 3대 광천수로
중력을 거슬러 솟는 그 뜻을 알 것만 같아

모난 세상에 긁힌 지독한 상처를
약손으로 어루만지는 물의 사리가
삶을 모두 끌어안은 듯 내 몸에서 춤을 춘다
물의 해탈이라고나 할까?
아직은 소리 소문 적어 작은 별로 비춰도
삶의 겉치레 다 벗고 앉은 사람들
눈물 많은 사람들 모여 눈을 씻으면
머잖아 초정길이 환히 열릴 것이다

'나훈아'가 내 귀를 씻다

공연장엔 멀리 흩어졌던 마음들이 모여
반짝이는 눈과 귀를 열고 있었다
큰 별이 뜨자
작은 별들은 모두 지상에 내려앉고
하늘엔 오로라의 춤이, 허공엔
신기루의 유혹이 시작된다
낮과 밤을 노래하던 새들도 숨죽인
고요에서 숲이 깨어나는
맑디맑은 꽃망울 벙그는 소리
갑자기 소나기에 천둥치고 해일이 덮치더니
먹구름 사이 얼굴 내민 해맑음이
소리로 몸짓으로 나를 사로잡는다

이윽고
마른풀잎 스쳐가는 소슬바람소리였다가
풀벌레 잠재우는 자장가였다가
깊은 산사 한나절 졸던 풍경의 하품이었다가
쇠북이 울고, 범종이 산마루를 넘고

세모시 승무가 어우러지는
그 벅찬 소리의 변이
내 가슴을 저며 꽃으로 피어나게 하는
떨림의 향연
'요, 순' 시대 '허유'가 맑은 강물에 귀를 씻듯
세류世流에 오염된 내 귀가 맑게 뚫린다

5월의 숲에서

봄이 가니 5월이 따라오고
짝 못 찾은 산비둘기 울음 애타는데
푸르름에 취한 숲이
나를 불러 계절의 향기로 껴안는다

속이파리 바람에 쑥쑥 크는
나무들 숨소리가 쿵쿵 울리고

시퍼런 바람이 지나가다
굴참나무 가지에 잠시 앉았다 가고
5월을 놓친 꾀꼬리도 노랗게 울며
숲을 가른다

5월의 숲처럼 가슴 넓은 안식이 또 있을까
5월의 숲은 만삭滿朔이다

저녁노을처럼

산사 추녀 끝에 매달린
풍경소리 한 짐 지고
혼자
앞산 훠이훠이 넘어가는 노을
돌아보면 가지 못할까
앞만 보며 가는
바람의 발자국 따라가는 길

잊고 살라고
아주 까맣게 잊지는 말라고
땅거미 그림자 보듯 그렇게 잊으라고
걸어온 길 천천히 지우고 있다
저녁노을처럼
날마다 조금씩 지워지는 옛사랑의 덫

4월의 꽃

4월은 잔인한 달이라 했던가?
그 해 4월은
제비도 오지 않았고
하루살이가 때를 잃고 생이 무너졌다
이 땅에 봄이 왔어도
꽃은 피었어도 꽃이 아니었다
우울한 달이 음습한 골목에서 웅크렸다
꽃무리가 와르르 몰려오긴 했는데
4월은 피고 있었는데, 누가
꽃의 얼굴에 야누스의 가면을 씌웠다

어느 해 4월은
경무대 앞에서, 광화문 거리에서
꽃이 피던 마음들이 불꽃으로 타올라
터지는 함성이, 화염이, 붉디붉은 핏물 들어
빛나는 꿈의 계절이
눈물과 분노로 꽃은 미소를 접고
향기는 가시를 세워 슬픈 영혼의 가슴을 찔렀으니

또 어느 4월엔
꽃이 피다 멈추고
불꽃 일어 촛불이 되고, 함성이 되고
마음들이 갈라져 정의를, 평화를 외치더니
역사의 수레바퀴마저 기울어
꽃불도 촛불도 주저앉았다

계절은 4월을 또 알리는데
이상한 이 땅의 행적에 꽃들이 비명을 지른다
별들도 빛을 잃고 얼굴을 감춘다
지리산의 봄꽃은 4월이 왔다고 또 피는데
어둠의 능선을 환히 밝힐
참꽃은 언제쯤 필까?
꽃에 씌운 가면은 언제 벗으려나
나의 4월은 그리 많지 않은데

외로움

고비사막을 걸어간 낙타의 발자국이
히말라야 설산이 뿜어내는 턱에 걸린 숨결이
숨 가쁘게 달려가는 한탄강 격랑이
너의 차가운 입술에 묻어나는 외로움 같아라

나는 오늘도 봄날의 싱그러움을 흥얼거리며
거리를 나서지만
내 가슴엔 꽁꽁 언 외로움
주위를 돌아봐도 우울로 그늘진 외로운 행렬들
무리 속 나는 굴러온 돌처럼 빛바래고

고산준령을 넘는 날개가 자유로운 새들도
넓디넓은 바다를 거침없이 유영하는 고래도
사막에 발자국을 찍는 낙타도
어쩔 수 없는 혼자의 길이니

뜨거운 숨결, 차가운 입김에도
오직 혼자 삶의 길을 찾아야하는

세상은 삶도, 죽음도 모두 혼자의 몫

그 처음과 끝은 외로움

외로움은 영원한 운명의 덫

연분

세상 수많은 사람 어울려 살아도
마음에 딱 드는 사람 찾기가 어디 그리 쉬운가?
한켠 빈 듯해도 채울 수 있는 사람
처음 열린 물줄기 같이 새록새록 참신하고
아우르고 보듬어 안고 가는 강물 같은 사람
화려한 봄꽃처럼 하르르 피었다가
한 생명 탄생시켜 자신을 지우는 그런 사람
화려한 날들 보내고 해 기우는 시간에
꽃 대 우뚝 세우고 세상을 밝히는 상사화 같은 사람
자주 만남 없어도, 긴 말 건너지 않아도
넘치지도, 모자람도 없이 늘 한자리에서 평안을 주는 사람
무더운 여름철엔 짙푸른 산들바람으로
겨울철엔 뜨거운 가슴으로 몸을 덥혀주는 사람
강물과 바닷물이 처음 만나 겉돌아도
손잡고 마주보면 바로 한 몸이 되듯

너와 나는 달라도

두 손 꼭 잡으면 하나가 되는

그런 연분

이별

- 이인수, 친구의 영정 앞에서

한 목숨 발가벗고 왔다가
제 형해마저 불사르고
한 줌 재로 남은 친구야
지금 네 발길이 향한 곳이 궁금하구나

어머니가 주신 생명의 끈 잡고
이 세상 와서 허위적이다
하늘의 부름 받고 가는 모습 보며
금가고 일그러진 삶에 지친 세월
상한 영혼에 입맞춤 하느니

그대가 하얗게 누워 듣는 이별 곡은
한 생을 살고 가는
먼 하늘의 뜻이 담긴 영가
친구의 영정 앞에 서니
사랑과 애증이 가슴 치며 목이 메인다

하늘의 뜻으로 인연되고, 별리되고

속절없음에 헤적이는 마음이나

상한 마음 불꽃 되어 마지막 비추는

그대를 보내는 시린 마음은 언제 녹을까

도토리 한 톨

푸나무서리에 햇살이 영근
구룡산을 오르는데
툭 ---
누가 내 어깨를 친다
뒤 돌아보니
탱글탱글한 도토리 한 톨 또르르
가을이 거느린 목숨 하나 굴러간다

벌써 가을이 익었나?

도토리를 주워들고 보니
생과 생의 경계를 넘어 비상을 꿈꾸는
맑은 영혼의 속삭임이 숨쉬고
햇살과 바람을 껴안은 가슴이 따뜻하다

어쩌다 운명처럼
나와 인연이 된 도토리가
제 갈길 내게 묻는 것 같아

천 년을 살아갈 구룡산에
사랑과 꿈을 심는다

눈 크게 뜨면 지구를 업고 갈
새 생명의 꿈을

가을이 아프다

어느새 가을을 누가 데려왔는지
굴참나무에 내려앉은 가을을
다람쥐가 넘보는 한낮
나는 계절의 의미를 잊은 채
찻잔에 드리운 가을을 마시고 있다
지난여름
비에 흠뻑 젖은 네 모습에서
바람소리마저 네 울음으로 들려오던
마음저린 그 날의 기억
네가 놓고 간 찰랑이는 찻잔에서 너를 본다
지워지지 않는 네 모습이
찻잔 속에서 일렁인다
차마 나의 울음을 빗소리가 대신하던
멍든 추억은 길을 잃고
아물지 않는 상처의 늪에서 안간힘인데
너는 어디쯤 흘러가고 있는지
사랑하고 미워하고 그리워하고
그렇게 사노라고

이 가을의 의미를 잊고 살았는데
가을을 두고 간사람, 가을의 재회
네 환영을 붙잡고 있는
가을이 너무 아프다

봄이 날개를 달고

봄이 노랑 창문을 열더니
꽃잎이 초침을 업고 날개를 단다
시퍼렇게 멍든 다음에야 돋는 날개

제 갈 길 서둘러 가는 세월에
남루로 얹혀가는 나는
타래로 얽혀 신음하다 조각난 꿈을
맑은 봄 햇살로 꿰맨다

꽃잎이 새처럼 날갯짓 하고
어둠에 눈 뜬 별빛이 가는 길 밝히면
봄이 푸른 기적을 울리고
나도 한 줌 꿈을 들고 길을 나선다

계절이 눙쳐 마음을 헤집어도
봄은 날개를 달고 날아오른다
아픈 나의 봄도 날개를 단다

바람

바람은
삶을 디자인한다

때론 하늘을 맑게 닦아주고
구름을 불러 그림을 그리고
하늘과 땅 사이 생명을 풍자한다

바람의 자식들
비가 되고, 눈이 되고, 구름 속 새들의 날갯짓
나뭇잎 하나 흔들림도 바람이 낳는다

바람의 품에 안긴 민들레 씨 하나
지구의 생명하나 손에 들면
바람은 삶으로 이끈다

바람은 생명을 낳고 삶을 디자인한다

삐딱한 세상 살기

세상은 공평하지 않다, 아니
공평할 수 없는 것이 세상이다
라고 단정해 버리니

자유의 외침은 스쳐가는 바람소리
정의는 정의를 외치는 자의 몫일 뿐
독단 아니면 실체 없는 허상

민주주의는 엿가락에 사탕 발라놓은
어리석은 자가 속은 줄 모르고 빠져드는
빛나는 환각의 절차

삐딱하게 선 나무가 곧은 나무 탓하고
가재가 게를 탓하는
세상사 모두가 내 탓은 아니라고

지상의 존재 자체가 그런 것이라고

삐딱하게 돌아가는 지구 탓이라고
탓하며 허상에 살고 있는 우리

조경진 시집
내 그늘의 넓이

초판 인쇄 2021년 9월 9일
초판 발행 2021년 9월 15일

지 은 이 | 조경진
펴 낸 이 | 노용제
편집기획 | 정은기획실
펴 낸 곳 | 정은출판
출판등록 | 제2-4053호(2004. 10. 27)
주 소 | 04558 서울시 중구 창경궁로1길 29 (3F)
전 화 | 02)2272-8807
팩 스 | 02)2277-1350
이 메 일 | rossjw@hanmail.net
홈페이지 | www.je-books.com

ISBN 978-89-5824-436-3 (03810)
값 10,000원

* 잘못된 책은 교환해 드립니다.
* 이 책은 충청북도, 충북문화재단의 후원으로
문화예술육성지원사업의 일환으로 지원받아 발간되었습니다.